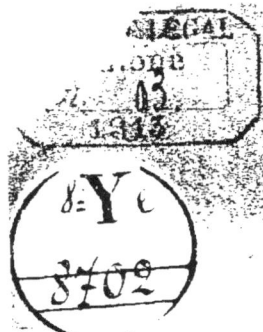

FRANCISQUE JUTHIER

Le Rhône

POÈME DESCRIPTIF DE SON COURS

LIBRAIRIE EMMANUEL VITTE

LYON | PARIS
3, place Bellecour, 3 | 14, rue de l'Abbaye, 14

1913

Le Rhône

IL A ÉTÉ TIRÉ DE CET OUVRAGE

sur papier impérial du Japon :

Un Exemplaire dédié,

Neuf Exemplaires numérotés de 2 à 10.

Francisque JUTHIER

Le Rhône

POÈME DESCRIPTIF DE SON COURS

LIBRAIRIE EMMANUEL VITTE

LYON | PARIS

3, place Bellecour, 3 | 14, rue de l'Abbaye, 14

1913

Préface

Pour chanter la beauté
Du voyage du Rhône,
Décrire avec clarté,
Les marches de son trône,

J'ai voulu, dans ces quelques vers
Bâtis, à tort comme à travers,
Avec des noms connus de la Géographie,
De l'Histoire, expliquer, sans que je versifie,
Tous les récits de ce sujet,
Annotés feuillet par feuillet.

Sur ces Rives champêtres,
Rendre, à ces fiers Routiers
Qu'évoquent mes Ancêtres,
Hommage aux Mariniers.

Francisque JUTHIER.

Le Rhône

Je suis Fils de la Terre, envoyé par les Cieux,
Procréé par les Monts, aux pics majestueux,
Dans un Berceau glacé, que l'Astre qui féconde
Réchauffe à ses rayons, pour les résoudre en Onde.

Le Glacier du Rhône
Sa Source

Comme du nid s'échappe un oiseau nouveau-né,
Au pied de la Furka [1], je coule abandonné,
Mais un chenal étroit, bientôt, de son étreinte,
M'enserre et me réduit pour me guider sans crainte.

De chute en soubresaut, je gronde à chaque bond,
Chaque cime surprise, à son tour, me répond ;
Je cherche à dévorer, jusque dans leurs entrailles
Mes entraves de roc, les digues, leurs murailles,
Et j'égrène du sable à niveler mon lit
Creusé par un courant, que la nuit ralentit.

---

[1] Col des Alpes Bernoises (2.436 mètres) entre le Blauberg et le Furkahorn. La route, qui le dessert et porte son nom, aboutit au glacier du Rhône, d'où le fleuve s'échappe d'une belle voûte bleue.

Le Valais

Tout le long du Valais : les chalets, leurs bourgades,
En échelons perchés, sont flanqués de cascades ;
Je franchis mon chemin, rapide et turbulent,
Toujours plus agité, si le soleil brûlant
M'incite à submerger les berges de ma route,
Pour que le riverain m'admire et me redoute.

Je suis l'Enfant terrible, à vouloir me dompter,
Plus d'un vieux batelier hésite à m'affronter,
Semblable au cheminot qui traîne sa misère,
Sans jamais m'arrêter, je sillonne la Terre.

J'égoutte les glaciers. Pour abreuver mon cours
J'emporte chaque source, au loin sur mon parcours,
Après avoir meurtri le fond de la vallée,
Je précipite alors au gouffre la mêlée,
Le Léman engloutit la masse à charrier
Pour la rendre plus claire et la purifier.

Le Lac Léman

Puis, après cet effort, un peu las, je sommeille,
Je poursuis doucement, sur ma couche vermeille,
Un Rêve prolongé d'enivrante Lenteur,
Qu'effleurent les Beautés d'un Pays enchanteur.

Le Rêve

Il me souvient, j'ai vu :
                    Dans ce Lac qui m'attire,
Les Alpes et le Ciel échanger leur sourire.

— Des aigles, haut planer, par dessus le rocher
Fouiller tous les Abrupts à pouvoir se nicher.

— Des Monts, sertis de Dents sur leur base de glace,
Briller de mille feux, ou se voiler la face.
— Des Rades et des Caps.
                    De rapides Coursiers
Franchir, croiser les flots.
                    — Des Routes, des Sentiers
Zigzaguer la Montagne, aux flancs d'arides Pentes
Echancrer les abords de Croupes verdoyantes.

Des bandes d'Oiseaux blancs s'ébattre et voltiger.
Des Forêts, des Jardins, — des Fruits plein le Verger.
Des Sources et des Bains, connus de l'Elégance,
Sous la roche et l'humus, jaillir en abondance.
Des Villas, des Châteaux, des Palais, des Castels,
Des Parcs, agrémenter de somptueux Hôtels,

— Du Porphyre et du Marbre étayer des Portiques,
Des guirlandes de Fleurs courir sur leurs Attiques.

— Dans la profonde Nuit, des Flammes vaciller
Sur un lointain contour, utile à révéler.
Après —

      Il m'a semblé ne plus voir cette Image,
Le Tout s'enténébrer, sans cesse davantage.

J'ai perçu le fracas des éboulis glissants,
Dans l'abandon contraint des Eléments puissants ;
Entendu des Torrents, s'écrouler en rafale,
Se perdre en leur démence, au néant du Dédale.

Le Réveil

Il me souvient :

J'ai fait ce rêve inoubliable,
Qui s'achève au réveil, dans un bruit formidable
D'écluses et de biefs, et me livre en bourreau
Sur la Turbine [1] enfin, pour rompre mon niveau.

Frissonnant, bouillonnant et luttant avec rage,
J'ai peine à me frayer le champ de mon passage.
Sorti de ma torpeur, je fixe mon regard,
Là-bas, vers ce Géant, des Alpes le rempart,
Mont-Blanc, vrai roi qui ceint son front en auréole,
Des rayons lumineux tombés de sa coupole.

---

[1] A Genève, à sa sortie du lac, le bras gauche du Rhône est barré
par l'usine des Forces-Motrices, il actionne 18 puissantes turbines.

De Genève à Lyon

Déjà l'Arve [1], ma fille, en surprenant ma voix,
Vient me tendre la main pour me sacrer Gaulois ;
Nous saluons tous deux, la haute Forteresse [2]
Qui domine le Val en prudente maîtresse.
Je pénètre avec trouble en ce Pays nouveau,
J'hésite à reparaître, à supporter bateau [3].

Sur des côtes, plus bas, j'aperçois de la vigne,
A l'opposé, le Fier [4], que Seyssel [5] me désigne,
Le Bourget [6] vient après, me réclamer son plein,
Pour ralentir mes flots et leur servir de frein ;

---

[1] Affluent de gauche, atteint le Rhône au-dessous de Genève, vient du col de Balme, traverse la vallée de Chamonix, son bassin forme le Faucigny.

[2] Le fort de l'Ecluse (423 m.), à droite sur un rocher, commande le défilé du même nom.

[3] La perte du Rhône à Bellegarde, le fleuve disparaît sur une centaine de pas lors des basses eaux.

[4] Rivière torrentueuse de la rive gauche, célèbre par ses gorges.

[5] Forme deux cantons, l'un de la Haute-Savoie, l'autre de l'Ain ; ses vins blancs jouissent d'une certaine réputation.

[6] Ou lac du Bourget, d'une superficie de 4.462 hectares, est relié au Rhône par le canal de Savières.

J'entretiens ses Marais [1], je repars plus docile
Vers un climat plus doux, lui demander asile.

Je frôle des redents, en longeant leurs parois,
Couronnés au revers de taillis et de bois,
Superposés de bancs d'où l'on extrait la pierre,
Qu'un renom mérité donne à cette carrière [2].

---

[1] Celui de Lavours à droite, celui de Chautagne à gauche.
[2] Les carrières de Villebois, renommées pour leurs pierres de taille
et lithographiques.

Lyon

Lyoη

~~~~~~

I

Pour abreuver Lyon [1], c'est la Rivière d'Ain [2]
Qui, d'un nouveau renfort, m'apporte le regain,
J'aborde chaque pont [3], prenant d'assaut chaque arche,
Mais, sans jamais pouvoir les briser dans ma marche,
Cette guerre acharnée, où je livre combat,
Me laisse prisonnier du jeu qui se débat.
Haletant de vapeur pour avoir ma revanche,
Je soulève un brouillard que tout mon Etre épanche.
Puérile rançon, à me montrer jaloux
De la Saône, qui veut me prendre pour Epoux,
M'abandonner son nom, aux portes de la Ville,
Pour revivre avec moi la plus étroite idylle.

---

[1] Le Lugdunum des Romains, dont l'importance date de l'an 41 av.
J.-C., où le consul Lucius Munatius Plancus, par ordre du Sénat romain, lui donna un essor qui permit à l'empereur Auguste d'en faire
la capitale de la Gaule Celtique. Agrippa en fit le centre des quatre
grandes voies romaines qui aboutissaient à la Mer du Nord, à l'Océan,
aux Pyrénées, et à la Méditerranée. — Caligula et Claude l'habitèrent,
leurs successeurs l'embellirent de monuments.— Elle reste l'une des villes
du Monde célèbre par son histoire et son commerce.

[2] Nom communément donné à l'Ain, affluent de la rive droite du
Rhône.

[3] Lyon compte actuellement onze ponts sur le Rhône.

II

Je me repens souvent, d'un tel débordement,
Que mon instinct réclame à mon emportement.
— Par nature frondeur : je subis mon caprice,
Il faut bien cependant, dire en toute justice,
Quel accueil bienveillant, dans un cadre si beau,
Réserve à mon passage, un coin de ce tableau :

La superbe Cité, semble toute parée,
Pour fêter mes amours avec mon Adorée.

Je vais au Confluent, au banquet nuptial,
Heureux, avec entrain, sur un lit triomphal
Encaissé de granit en longue théorie,
Et, d'arbres verts, bordé, qui forment galerie.

III

Mais, quand vient le retour de la froide saison,
Qu'un gris manteau de brume assombrit l'horizon,
Que tous les végétaux ont quitté leur parure,
Pour goûter le Repos qu'impose la Nature,
L'Hymen qui m'est dicté, pour se renouveler,
Sans cesse rénové, persiste à convoler.

Au début de l'Hiver, immigrent les Mouettes,
Traçant sur mon miroir leurs blanches silhouettes ;
Les arbres dénudés, attristés, inquiets,
Contemplent leurs plongeons du haut des parapets,
Et chaque messagère, en son élan, me montre
Le bonheur qui m'attend, au seuil de la Rencontre.

IV

A ce fervent contact, ma force a redoublé,
Je puis porter bateaux, tout un train accouplé :
Vapeurs et Remorqueurs, suivis de leurs péniches,
Détenant dans leurs flancs denrées pauvres ou riches,
Empruntent mon chemin, pour eux toujours si cher
A rester du Trafic, la route de la Mer [1].

---

[1] Ce n'est qu'à Lyon que le Rhône devient vraiment route fluviale,
après avoir reçu la Saône qui lui apporte la navigation intense de son
cours et celle des canaux, reliant ainsi le Havre à la Méditerranée.

En aval de Lyon

I

Après le Confluent du Rhône
et de la Saône

Saisi, tout secoué de l'étreinte nouvelle,
Aux charmes de ce don, je ne suis plus rebelle.
— Pour bénir cet hymen d'heureux avènement,
Quelle fée a voulu, que, langoureusement,
Je baigne avec orgueil le pied de ces vignobles,
De souches et blasons aux titres les plus nobles?

Semés d'arbres fleuris, quand paraît le Printemps,
Et si, cette saison veut annoncer son temps,
Sur le versant des monts, la douce brise ailée
A d'errantes senteurs dans toute la Vallée ;
Bientôt viendra l'époque, où des jeux et tournois,
Pour lice, adopteront, mes lônes [1] de leur choix.

---

[1] Délaissé d'un ancien lit du Rhône, où l'eau est calme et sans courant appréciable.

II

Les Joutes

~~~~~

Au Royaume [1] : Givors, le berceau de la Joute,
    Combien de ses célébrités
    D'Hommes forts, parfois redoutés,
Ont mis, avec succès, l'Adversaire en déroute?

    Deux barques, sur un long miroir,
Gagnent, par le champ clos, leur distance et leur place,
    L'une blanche « *Fais-ton-devoir* » [2]
    L'autre « *Tiens-toi-bien* » [2], peinte en noir.
Pour ce duel, bientôt, les voilà face à face,
    Vibrantes d'un courtois espoir.

Ensemble, ces canots s'ébranlent sur un signe,
    Dans un vertigineux élan,
    Ils s'abordent en ouragan,
En se frôlant, soudain, chaque Lutteur s'aligne : ·

---

[1] Expression encore usitée par la marine du Rhône. Au temps des Equipages on désignait par (Rīaume) Royaume, la rive droite du fleuve, opposée à l'(Empi) Empire ou rive gauche.

[2] Noms généralement inscrits et portés par les canots, mis en présence sur la lice des Joutes.

A l'instant, prêt à se croiser,
La targe [1] bien d'aplomb, pour recevoir la lance,
Qu'au choc, un coup sec peut briser,
Celui qui veut la repousser
Doit, sur le Tabagnon [2], s'ancrer avec prestance,
Et, sans défaillir, bien viser.

Dans cet engagement, un Combattant chavire,
Le Vainqueur, qui l'a renversé,
En chancelant, s'est redressé,
Aux applaudissements d'une Foule en délire.

De la Victoire, coutumier,
L'Athlète Givordin [3], cet hercule impassible,
Par atavisme ou par métier :
Jouteur, rameur ou nautonnier,
Restera, de ces jeux, champion invincible,
De leurs palmes, seul héritier.

---

[1] La targe, ou plastron en bois à compartiments, que portent les Jouteurs pour servir de cible et de but à la lance.

[2] Sorte d'escabeau placé à la poupe de la barque, et sur lequel se dresse et s'arc-boute le jouteur. Le terme patois est : « Tombagnon », cette locution est assez expressive. Diminutif de Tomber et de Bain.

[3] *Les Mariniers de Givors disent en patois :*

« Ne sont de vé Givô
Le pâyi de lous hommes fâures,
Ne féson crâquo quou lou lince,
Ne fasions requioulo lous batiaux ;
En ne véyant la pluma ou chapiau,
Lous plus mayins ramiaux.
« Tron de Diou » qui siont biaux ! »

Ce qui peut se traduire ainsi :

Nous sommes de Givors,
Pays des hommes forts
Qui font craquer la lance,
Et puis, avec aisance,
Reculer les bateaux ;
La plume à nos chapeaux,
Les plus malins rameurs
« Cré Dieu » sont beaux Jouteurs !

III

Sainte-Colombe et Vienne [1]

~~~~~

Puis, en me reportant à des jours plus lointains
C'est la Gaule asservie au sceptre des Romains :
Près de Sainte-Colombe, à l'Empire [2], sur Vienne
On trouve, au ras du sol, plus d'une trace ancienne.

J'ai moi-même oublié, dans la fuite du Temps,
Les noms que l'on donnait à tous ces Monuments,
Et je ne puis rien dire, au vu de ces Vestiges,
Ni de leurs Habitants, rien plus de leurs prestiges.

Ils ont passé, marqué leurs labeurs et leurs pas,
Sur l'une et l'autre Rive, au cours de leur trépas,
Laissant en souvenir d'Auguste et de Livie :
Un temple [3] édifié sur la fin de leur vie.

---

[1] Vienne ou « Vienna Allobrogum » des Romains.
[2] L'Empire (ou Empi), rive gauche du fleuve.
[3] Construit en l'an 10 avant J.-C.

La pyramide antique [1], où Pilate, dit-on,
Doit avoir son tombeau perdu dans l'abandon.

Pareils à des jalons, pour franchir les Montagnes,
Des piliers d'aqueducs émergent des campagnes ;
Du Pilat à Lyon, on voit, nombre d'arceaux
Soutenir un canal pour transporter les eaux.

---

[1] Appelée *Plan de l'Aiguille :* mesure 16 mètres de hauteur, faisait
probablement partie de la spina d'un grand cirque, elle est supportée
par 4 colonnes corinthiennes. C'est dans la croyance du peuple « *Le
Tombeau de Ponce-Pilate* ».

IV

Condrieu, Saint-Pierre-de-Bœuf, Serrières

~~~~~

Longeant la Côte on suit, aux confins de la Plaine,
Une voie assez large on l'appelle « Romaine »,
Telle qu'à Condrieu, bien nette par endroit,
A Saint-Pierre-de-Bœuf [1], toujours on l'aperçoit
Desservant le Pays, où croit la Pépinière [2]
Des robustes gaillards de race marinière ;
A Serrières, encore apparaît ce chemin
Tracé par des Césars, qu'a fauchés le Destin.

---

[1] Seul village de la Loire sur le Rhône, patrie des Ancêtres de l'Auteur.

[2] Les villages riverains qui ont fourni le plus de mariniers à la Navigation du Rhône sont, à part Givors : Condrieu, Les Roches-de-Condrieu, Saint-Maurice-de-l'Exil, Saint-Pierre-de-Bœuf, Serrières et Sablons.

V

Les Condrillotes

~~~~~~~

Au seuil de leurs maisons, les belles Condrillotes [1],
Assises près la porte, attendent les pilotes ;
Elles brodent du tulle, interrogent le temps,
Leurs époux seront-ils encor loin bien longtemps,
Quand donc abordera leur convoi sur la mouille [2]?
— Pour coucher au Pays, le Patron [3] se débrouille —

On saisit, tout à coup, un sourd bourdonnement
Que l'écho des coteaux répète lentement,
C'est un vapeur tout proche :

                Eh ! viens vite, Mariette,
Le bateau de mon homme, il clapote, il claquète,
Rien qu'à son battement, je l'ai bien reconnu ;
Il fait : *flic, flac, flac, flic* — *flac, flic, flac* — entends-tu?

---

[1] Les femmes de Condrieu (*Rhône*) et des Roches-de-Condrieu (*Isère*),
vrais nids des mariniers du Rhône.
[2] Endroit du fleuve où l'eau est tranquille et où viennent s'amarrer
et mouiller les bateaux.
[3] Celui qui commande le bateau et son convoi.

VI

La Croix des Equipages

(Chapelle)

La plus modeste église, aux bords de ces rivages,
Dans sa nef, possède au vousseau,
La barque, à poupe de vaisseau,
Telle qu'elle existait au temps des Equipages.

Le Dimanche avant Pâque, et le front découvert,
Les Anciens, dans la matinée,
Plantaient, tour à tour, chaque année
Sur leur barque, à la proue, un rameau de buis vert.

La Croix, dite Chapelle [1] avait toujours sa place,
Tant au bateau qu'à la maison,
Veillant Famille et Cargaison :
Rustique souvenir de foi simple et vivace.

---

[1] Il y a quelques années, on voyait encore cette croix, peinte en vives couleurs, figurer sur la façade de certaines maisons à Condrieu et dans quelques autres villages riverains — A l'époque des Equipages, on la plantait avec tous ses instruments de la Passion au gouvernail en poupe de la barque. (L'auteur possède toujours un de ces souvenirs de famille qu'il a conservé).

N'invoque-t-elle pas, pour le Navigateur,
    Les embûches et les tristesses,
    D'un long chemin fait de détresses,
La générosité du divin Rédempteur ?

Grossièrement sculpté, cet emblème présente :
    Le Christ expirant sur sa croix,
    Autour, pour en garnir les bois,
De nombreux instruments de torture sanglante :

La Colonne et le Fouet, les Clous et le Marteau,
    Le Fiel, la Lance avec l'Eponge,
    Le Broc, la Colombe qui plonge
Les Tenailles, le Cœur, le Glaive et le Roseau,

La Robe d'écarlate, au-dessus la Lanterne,
    Les Dés avec leur Gobelet,
    La Bourse, la Main du valet ;
L'Ange du Jugement qui sonne et se prosterne,

Deux autres, pour garder leur Dieu supplicié
    Veillent, en pleurs, sa Face Sainte ;
    Le Soleil, sa lumière éteinte,
L'Echelle, les Flambeaux, près du Crucifié.

Pilate inique et dur, l'Hostie et le Calice,
    Le Coq de Saint Pierre, au sommet,
    Qui chante : respect au Gibet,
Soutien du Marinier, placé sous son auspice.

VII

Saint Nicolas,
Patron des Mariniers

~~~~~~

Un Saint que l'on vénère, en aval de Givors,
    Pour sa sauvegarde divine,
    C'est le Patron de la Marine.
Chaque paroisse expose aux fervents ses trésors.

Le grand Saint-Nicolas [1], enchâssé dans l'abside,
    Trône proche du Maître-Autel ;
    Par culte traditionnel,
Les Hommes se sont mis sous sa fidèle égide,

Leur croyance le montre, avec les trois bambins
    Qu'il a sauvés dans une seille,
    Son tendre regard les surveille,
Les jeunes rescapés, vers lui tendent leurs mains.

------

[1] C'est autour de l'image de saint Nicolas qu'aux offices du Dimanche viennent se grouper les vieux mariniers.

L'air bon, compatissant, sous la chape et la mitre,
    Il étend son affection,
    Son ardente protection,
Sur Tout ce qui navigue et le prie à ce titre [1].

Le jour du six Décembre, à la Saint-Nicolas,
    En procession pour sa fête,
    A le porter, chacun s'apprête
Avant de prendre part à l'annuel repas.

.....Quel plantureux festin ! ! ! Que de plats sur les tables !
    Des gigots, poulardes, poissons,
    Pâtés de gibiers et dindons ;
Tous les vins du pays les plus recommandables ;

La fameuse *grillade* [2] exhalant son fumet,
    Des *caillettes* [3] et des *rigottes* [4] :
    Côte-Rôtie [5], en ces ribotes,
Achève, « *à la coutume* »[6], assez tard ce banquet.

---

[1] Quand, sur le Rhône, un naufragé est en danger de se noyer, on lui crie : Recommande-toi bien au grand Saint Nicolas, mais nage ferme !

[2] La grillade marinière.

[3] Caillette : hachis fait de lard et de foie de porc, mélangé d'épinard, on y ajoute souvent des truffes et du foie d'oie.

[4] Rigotte : petit fromage au lait de chèvre, préparé sur la rive droite du Rhône, de Givors à Serrières.

[5] Coteaux qui s'étagent au-dessus d'Ampuis (Rhône) et dont les vignobles fournissent un vin réputé.

[6] Expression fort usitée dans la marine du Rhône ; quand deux convois se croisent le patron de descise (descente) interpelle : « Salut » (comment va le voyage)? Si rien d'anormal ne s'est produit, le second répond : « A la Coutume ».

VIII

De Serrières à Valence

～～～

En abordant Andance, Andancette et leur port,
Le Bancel [1], de son cours, m'est d'un infime apport ;
Saint-Vallier [2] et Tournon, Tain, célèbre village
Aux coteaux renommés pour leurs vins d'Ermitage,
En leur enchantement, enfantent la gaieté,
Que réserve aux passants leur hospitalité.

Sur la Table du Roy [3], ce rocher circulaire
Qui surnage au courant de mon itinéraire,
Saint Louis déjeuna, gardé par ses marins,
Quand, en guerre, il partit contre les Sarrasins.

A la Roche-de-Glun, vient s'échouer l'Isère [4],
Je reçois le tribut que verse sa colère.

---

[1] Petit cours d'eau de peu d'importance qui débouche dans le Rhône à Andancette.

[2] A l'entrée de la vallée de la Galaure, possède un beau château autrefois habité par Diane de Poitiers, avec parc dessiné par Le Nôtre.

[3] Ce rocher plat émerge au milieu du Rhône, un peu en amont de Tournon.

[4] L'Isère est une des rivières secondaires de la France, dont l'étiage est le plus fort, elle descend des glaciers du Mont-Iseran, situé entre la Savoie et l'Italie, son parcours est de 290 kilomètres.

De Valence à Avignon

.

I

Valence

Valence,[1] Saint-Péray [2], le Château de Crussol [3],
Rochemaure [4] et Viviers [5], puis Bourg-Saint-Andéol [6],
Mondragon [7] et Mornas [8], sont tout autant de villes,
Que de fiefs occupés par de vieilles familles.

Sur cette longue route, au gré de son contour,
Je rencontre :

    Soyons, surplombé par sa tour,

---

[1] Valence (Julia Valentia) remonte à l'an 123 avant J.-C., assise sur les bords du Rhône, au seuil du Midi. Aujourd'hui, la Valence romaine disparue a fait place à une ville des plus modernes.

[2] Saint-Péray a des vins blancs mousseux réputés.

[3] Ruines, à 322 mètres sur une cime de calcaire. Château, probablement bâti au xiie siècle, appartient à la famille du Duc d'Uzès.

[4] Rochemaure, autrefois station romaine (Fontes Collarionis), restes de remparts et d'un château fort avec donjon (xiie siècle). Près de là, l'ancien volcan de Chenavari.

[5] Viviers : Ancienne capitale du Vivarais, aujourd'hui siège d'un évêché, cathédrale gothique avec sa tour carlovingienne (clocher), d'une architecture antique d'un grand mérite.

[6] Bourg-Saint-Andéol, vieille cité féodale (xiie siècle). Eglise avec superbe sarcophage romain.

[7] Mondragon, belles ruines d'un château qui fut le théâtre de sanglants combats durant les guerres de religion.

[8] Mornas, berceau de la famille d'Albert de Luynes.

La Voulte et son manoir — Le Teil et ses Usines,
Sa falaise de chaux, richesse de ses mines,
— Donzère et son goulet

                 — La Roche des Anglais [1],
De son glabre profil, fixant le Vivarais.

------

[1] Se dresse au milieu des eaux du Rhône, près des rochers à pic du
défilé, appelé aussi robinet de Donzère.

II

Légende de Gargantua

~~~~~~~

Une vieille légende, un conte qu'on relate,
Apprend que, sur la fourche, au nord de Pierrelatte,

> Lorsque Gargantua régnait,
> Comme un Géant, il enjambait
> D'un pas mes ados parallèles.
> — Avec ses deux mains pour écuelles,
> Raflant de tout, il avalait
> Mes eaux limpides d'un seul trait,
> Les Hommes, même leurs nacelles,
> Et tous les bateaux avec elles.

On montre un beau rocher, qu'en guise de gravier,
Dans la plaine, il jeta, tiré de son soulier.

III

Les Affluents de la Rive droite et la Drôme

~~~~~~

Je roule, impétueuse, une onde que caresse
Le soleil amoureux, témoin de ma vitesse.
Aux Cévennes, j'ai pris, pour me réconforter :
Le Doux [1] et l'Erieux [2], prêts à se révolter,

En descente rapide, aux Gorges de sa brèche,
Sortant d'un lit profond, j'ai recueilli l'Ardèche [3].
La Fontaine de Tourne [4], étonnant réservoir,
Drainé par le Grand-Gourd, se livre à mon pouvoir.

---

[1] Le Doux, né à Saint-Bonnet-le-Froid, tombe dans le Rhône à une petite distance en amont de Tournon, il court rapide dans des gorges profondes, ses crues sont terribles.

[2] L'Erieux vient des Boutières et se déverse dans le Rhône à 3 kilomètres en amont de La Voulte, ses crues subites sont encore plus extraordinaires que celles du Doux, lors de la crue de 1876, il a roulé certain jour, trois fois le débit de la Seine à Paris.

[3] L'Ardèche a ses sources sur le *Suchalias*, elle coule dans des gorges pittoresques souvent profondes où s'ouvrent en grand nombre des grottes très curieuses. « Le Pont d'Arc », qui relie ses deux rives est une des merveilles de la nature en France. Elle a son embouchure dans le Rhône en amont de Pont-Saint-Esprit.

[4] Un peu en aval de Bourg-Saint-Andéol, on voit cette fontaine sour-

Sur la Rive opposée abondent les Rivières,
Et la Drôme [1], se rend, comme ses devancières,
Dans cet enlacement de cours d'eau successifs,
Qu'élargiront bientôt, des torrents impulsifs.

---

dre, au pied d'un rocher calcaire grossièrement sculpté d'un bas-relief
consacré au dieu Mithra, dont le culte avait été apporté de la Perse par
Pompée.

[1] La Drôme, tout entière dans le département auquel elle donne son
nom, naît au pied du presbytère de la Bâtie-des-Fonds, et après un
parcours de 100 kilomètres, vient se jeter dans le Rhône à 6 kilomètres
plus bas que Livron.

IV

Pont-Saint-Esprit

~~~~~

Un Pont [1] du moyen âge, aux arches fantastiques,
Me laisse, d'un Couvent, les travaux artistiques,
Et de sa Confrérie, au nom du Saint-Esprit,
Le titre qui désigne un Canton qui l'acquit.

Du Temple de Vénus, c'est là, la Porte sainte
Qui m'ouvre la Provence en forçant cette enceinte,
Cette plaine fertile, un coin du paradis,
Débordant de lumière et de chauds coloris.

L'épineux grenadier, en floraison superbe,
Oppose à l'oseraie, à ses palmes en gerbe,
Son feuillage luisant, piqué de rouge vif,
Tous ces tons chatoyants, retiennent l'œil captif.

---

[1] Le plus remarquable qu'il nous reste du moyen âge, a été construit
de 1265 à 1309, par la Confrérie des Frères Pontifes du Saint-Esprit (fai-
seurs de ponts), il franchit le Rhône sur une ligne légèrement brisée,
opposée au courant, longue d'environ 900 mètres, il comporte 22 arches
dont 19 sont anciennes.

Sur les millets dorés à grande chevelure,
Les arcades du Pont, dans leur longue envergure,
Se courbent en couronne au front de ce Comté,
Séducteur de la Terre en sa fécondité.

V

Orange et le Ventoux

~~~~~~~~

L'Ile du Colombier est prête à se défendre
De l'Eygues [1], qui voudrait, sans doute, la surprendre.
Orange m'apparaît, sous la voûte d'azur,
Entre l'Arc de triomphe, édifice si pur,
Dressé pour un César [2], et le Théâtre antique [3]
Dont les Gradins jaloux chérissent l'Acoustique.

Pour grandir ce décor, se détache au Matin
Un Mont, bien dessiné, sur un fond cristallin,

---

[1] L'Eygues ou Aygues.
Torrent qui naît au pied des bois de Laux-Montaux, canton de Ré-
muzat (Drôme), bien que souvent à sec en été, il roule parfois une masse
d'eau considérable et tombe dans le Rhône en face de l'Ile du Colombier.
[2] On a pu établir par de récentes recherches que ce monument avait
été édifié en l'honneur de Tibère-César, fils du divin Auguste, petit-
fils du divin Jules, etc. : T. — CAESARI. DIVI. AUG. FIL. DIVI. IVLI.
NEP., etc.
[3] *Lou Ciéri*, nom vulgaire, donné en provençal au théâtre antique
d'Orange. Masse énorme formant un parallélogramme de 103 mètres de
longueur, sur 36 mètres de hauteur et 77 mètres de profondeur. Ses qua-
lités d'acoustique sont surprenantes.

Des Ubacs [1] du Ventoux, j'admire l'élégance,
Qui, dans leur majesté, trônent sur la Provence.
Bien moins favorisé, dans ce riant concert,
Je regarde plus loin, mon rivage est désert.

J'embrasse à cet endroit la longue Piboulette [2],
Aux atours pétillants, si simple, si coquette,
Qui donne à Caderousse, un peu de la gaîté
De ses verts peupliers, trésor de sa beauté.
La branche des Grammont d'un Cadet de Navarre
Possède, en cette ville, un vieux château bizarre [3].

---

[1] Les revers du versant Nord du Mont Ventoux, l'une des hautes cimes de l'Europe les plus facilement accessibles ; en provençal Ventour (le paradis des vents).

[2] Ile très fertile en face de Caderousse (Vaucluse), au débouché de la Cèze, rivière du département du Gard. Cette île est célèbre par les chasses royales des Sires d'Ancezune dont le vieux blason porte le Drac du Rhône à face humaine.

[3] Dans lequel ont séjourné François Ier, Charles IX et Henri III.

VI

Roquemaure,

Fontaine de Vaucluse

~~~~

En pointe d'Oiselet [1] et de la Tour de l'Hers [1]
Des châteaux, des donjons bâtis sur le travers,
Du Balafré des Guise, étaient la baronnie,
Roquemaure [2] a gardé ce nom de l'Ironie.

Par un savant accord d'Affluents empressés,
Connaissant le bonheur dont ils sont caressés,
La Sorgue [3] réunit, en captivante Muse,
Avec ces déversoirs : Fontaine de Vaucluse [4].

----

[1] Iles de l'Hers et d'Oiselet sur le Rhône en face de Roquemaure.
Tour de l'Hers, reste d'une ancienne baronnie ayant appartenu aux
Guise et aux Rohan-Guéménée.

[2] Fief des Guise dont le souvenir subsiste dans le nom d'un quartier
appelé « Le Balafré ». Château du Roi où mourut le pape Clément V,
le 20 avril 1314.

[3] La Sorgue se divise en deux branches : 1º La Sorgue de Velleron ;
2º La Sorgue de l'Isle, ses affluents sont : La Nesque, l'Auzon du Com-
tat, la grande Levade, l'Ouvèze et la Seille.

[4] Jaillit au fond d'un cirque d'une gigantesque masse rocheuse haute
de 200 mètres. Son volume d'eau peut dépasser 120 mètres cubes par
seconde.

De Cabassole [1], on voit les restes du Château,
Qui protégea Pétrarque [2] en ce plaisant berceau,
L'humaniste Poète, à l'accent si sonore,
Qui chanta les attraits et la beauté de Laure [3].

---

[1] Philippe de Cabassole, cardinal diplomate, né à Cavaillon, 1305-1372, fut le protecteur de Pétrarque qui habitait une modeste villa au pied de son château.

[2] Pétrarque (1304-1374), né à Arezzo (Italie), vint tout enfant à Vaucluse en 1313, où il se retira définitivement en 1337. C'est là qu'il composa la plupart de ses sonnets ou *canzoni* en l'honneur de la belle Laure de Noves, son amante.

[3] La Belle Laure, surnom donné à Laure, dame de Noves (1308-1348). Provençale célèbre par sa beauté et immortalisée par les vers de Pétrarque.

VII

La Barthelasse,
Villeneuve-lès-Avignon

~~~~~~

Voici la Barthelasse [1] et ses champs de mûriers
Entourés de figuiers, de trembles, de lauriers ;
Et le Fort Saint-André [2] qui fut, sur Villeneuve [3],
Construit par Du Guesclin pour surveiller mon fleuve,

Sous son talus, j'arrive aux Portes d'Avignon :
En poursuivant ma route, en simple compagnon,
Je vais franchir le Pont que tout le monde passe,
Après Saint-Bénezet [4], prendre un plus large espace.

---

[1] L'une des plus grandes îles du Rhône, qui a 3 lieues de long. Ruines de l'ancien prieuré de Saint-Véran.

[2] Construit par Du Guesclin en 1366, à l'entrée deux imposantes tours rondes, dans l'enceinte antique, abbaye du Mont-Andaon et la Grotte de Sainte Césarie.

[3] Villeneuve-lès-Avignon (Gard), séparée d'Avignon par les deux bras du Rhône de l'île de Piot et la partie étroite de l'Ile de la Barthelasse, fut prospère et célèbre au temps des Papes d'Avignon, habitée qu'elle était, par les prélats et cardinaux de la cour pontificale.

[4] Fameux pont d'Avignon, dont il reste 3 arches (mon. hist.), construit, de 1177 à 1185, par saint Benezet, aidé de ses disciples les « Frères Pontifes ».

D'Avignon

à la bifurcation

du Rhône

I

Avignoη

Combien de souvenirs, ici, sont assemblés ?
La « Florence [1] » française, aux remparts crénelés,
Son Palais grandiose, habité par les Papes [2],
Fut soixante-dix ans siège de leurs étapes.
— Le Vatican trembla. — Les libéralités
Des Clément, des Grégoire et d'autres Saintetés [3],
De leur suprématie, éblouirent la Ville
Qui devint Capitale et centre de Concile.
En dominant mon lit, son haut Rocher des Doms [4]
Jadis si fréquenté, par tant d'illustres Noms,

---

[1] (Avignon), ainsi dénommée pour rappeler sa prospérité artistique du moyen âge.

[2] De 1309 à 1377. Le palais ne fut commencé qu'en 1334 par Benoît XII.

[3] Clément V (1305-1316), Jean XXII (1316-1334), Benoît XII (1334-1342), Clément VI (1342-1352), Innocent VI (1352-1362), Urbain V (1362-1370), et Grégoire XI (1370-1378).

[4] Magnifique esplanade avec jardin anglais qui domine la ville, on y voit la statue du Persan « Althen » qui en 1766 importa la culture de la garance.

Sa Métropolitaine Eglise Notre-Dame [1],
Sa Féodalité d'un parfait amalgame,
Reflètent dans mes eaux : leurs Portes et leurs Tours,
Tous leurs Machicoulis, chantés des Troubadours.

---

[1] La cathédrale ou église métropolitaine de Notre-Dame-des-Doms renferme le tombeau de Jean XXII.

II

En aval d'Avignon,

Tarascon

~~~~~~

Sous le bleu firmament, avec fierté s'avance,
Assez vite, vers moi, l'intrépide Durance [1],
Elle assouvit ma soif par le froid renouveau,
Que, les Alpes, si près, lui donnent en cadeau.

Le Gard [2] vient, à son tour, en achevant sa course,
Goûter dans sa fraîcheur, l'éden de cette source,
Enfiévré d'éroder d'anciens volcans éteints,
Il revit des calmants de mes bienfaits empreints.

---

[1] La Durance, qui vient d'un torrent descendu du col du Mont-Genèvre (Hautes-Alpes), a de nombreux affluents, ainsi que de nombreux canaux d'irrigation qui vont porter la fertilité dans les villes et environs de Marseille, Aix, Arles, etc. Elle se jette dans le Rhône à quelques kilomètres en aval d'Avignon, à l'île de Courtine.

[2] Ou Gardon, se forme près de Vézénobres (Gard), par la jonction du Gardon d'Anduze et du Gardon d'Alais, et rejoint le Rhône vers Comps-Saint-Etienne. Le Pont du Gard, près de Remoulins, est un des monuments les plus grandioses de l'Antiquité. Cet aqueduc romain, haut de 49 mètres et long de 269 m., est attribué à Agrippa (19 av. J.-C.).

Je rejoins Tarascon, en face de Beaucaire,
Qui fit de Tartarin [1], son Enfant légendaire,
Et connut la douceur de ce bon Roi René [2],
Des arts, de ses sujets, soutien passionné —
Aujourd'hui, la prison, son palais historique
A dû subir l'échec d'un passé fatidique.

---

[1] Est devenu depuis les spirituelles satires d'Alphonse Daudet le type populaire du Méridional hâbleur mais candide.

[2] René d'Anjou (1409-1480) dit le bon roi René, comte de Provence, roi de Sicile en 1417, n'entra jamais en possession de son royaume ; il favorisait et cultivait avec ardeur les Beaux-Arts. Il fit achever et habita le château de Tarascon (aujourd'hui prison). Il institua en 1469 la première *Fête de la Tarasque* qu'il présida en mémoire de la délivrance par sainte Marthe, du monstre sanguinaire qui ravageait Tarascon.

III

Le Drac

~~~~~~

Grand'Mère racontait, avoir entendu dire,
Quand les Vieux d'autrefois se taquinaient pour rire,
A la veillée, autour de l'âtre agonisant :
Que, là-bas, dans le Rhône, un Lutin séduisant,
Tout au fond de l'abîme, errait sous l'eau limpide,
On croyait l'avoir vu glisser svelte et rapide,
Se montrer, comme un ver, le corps nu, fuselé,
Fait d'anneaux jaspés glauque et d'azur étoilé.

Ce farfadet « *Le Drac* », certain jour à Beaucaire,
Aperçut sur le quai, l'histoire est populaire,
Une gaillarde femme en train de lessiver,
Comme il faisait très clair, pour mieux la captiver,
Le Drac la fascina, — l'accorte lavandière
Se mirait somnolente au fond de la rivière ;
— Il l'appela d'un signe, et lui dit d'un ton doux :
« Descends donc dans mes bras, je serai ton époux ».

— Un battoir échappé du banc de la laveuse
Filait au cours de l'eau.
                          A mi-jambe, en baigneuse,
Jusqu'au genou troussée, elle allait le quérir,
Quand le flot la saisit, prêt à l'ensevelir —

Sept ans étaient passés, quand arriva tranquille,
Par un matin d'été, toujours alerte, agile,
Un paquet sur la tête et le battoir en main,
La belle Beaucairoise au retour de son bain.
Un peu pâle, il est vrai, tel un reflet de lune
Qu'un sommeil prolongé donne à des yeux de brune.

Bien vite reconnue, on fut, certes, surpris,
Chacun voulait savoir, quel plaisant paradis,
Avait, aussi longtemps, gardé dans ses délices,
A l'abri de son sein, le rapt de ses caprices?

L'Absente raconta, portant la main au front :
Il me semble :
                    Je sors, d'un rêve si profond,
Qu'à peine il me souvient, par qui je fus bercée
Dans ce lit bleu du Rhône, après m'être avancée
En étendant la main, pour pêcher mon battoir,
Traîné par le courant, que je voulais ravoir.

Prisonnière du Drac, dans un discret silence
Endormie avec lui, j'étais en sa puissance !

Pour propager l'histoire, on peut voir, de nos jours,
Plus d'une lavandière, en Provence toujours,
Montrer sur son battoir à dégorger le linge
Dessiné, comme un Drac, le lézard qui le singe.

IV

La Tarasque

En des temps reculés, où la foi des chrétiens
S'affranchissait du joug des oracles païens,
    La tradition séculaire
    Veut, qu'un Monstre ait eu son repaire
Dans un recoin de la vieille Cité.
— Un bloc de roche, à large cavité,
    Donnait asile à cette Bête.
    D'une hydre elle portait la tête,
    Du dragon la queue et les dards,
    Sous ses écailles, des poignards.
Son mufle infect, et ses yeux de cinabre
Soufflaient, dit-on, une terreur macabre ;
    Pour mieux courir les chemins,
    Elle montrait six pieds humains,
    Attendant que le Sort décerne
    La proie à garnir sa caverne ;
Par les ravins et les bois, soir et nuit,
Elle rôdait, en quittant son réduit.
    Ce Fléau de Mort, mis sur Terre,
    Régnait plus pire que la guerre,
De cadavres, de sang, cet avide Démon
Désolait le Pays : *Tarasque*[1] était son nom.

---

[1] Raban Maur prétend certainement à tort que Tarascon tire son nom de la Tarasque. Tandis que, bien avant cette époque, Strabon et Ptolémée désignaient de ce nom cette ville, qui devait être un comptoir des Massaliotes, laquelle a évidemment donné son nom à la Tarasque.

Mais Marthe apprit qu'un peuple accablé de souffrance,
De ce Monstre, cherchait surtout la délivrance ;
  « Accordez-moi, divin Sauveur
  Le don de vaincre ce malheur »,
  Dit-elle, en fervente prière,
  « De chasser de sa fondrière
L'épouvantable Bête [1], un suppôt de l'Enfer » ?
— Une voix répondit : « Tu battras Lucifer ».
  Et Marthe, en robe virginale,
  Vers la tanière sépulcrale
  De carnages et de trépas,
  Sans crainte, dirigea ses pas,
— Le Vampire endormi sur des débris immondes
En sursaut s'éveilla, tourmenté par les ondes,
  Marthe, avec un mince lacet,
  Pris en manière de filet,
  Le fit s'ébrouer sur la Rive,
  C'est là qu'il périt :
       Que Dieu vive ! ! !
Cria Marthe, en faisant un grand signe de croix ;
Le Monstre n'était plus qu'un spectre d'autrefois.

---

[1] L'exagération a tenu une large place dans les différentes descriptions qui ont été faites de ce monstre, l'imagination populaire aidant, les uns lui donnaient une taille longue de dix mètres, une tête énorme de trois à quatre mètres, fendue d'une gueule, de deux mètres, capable d'engloutir un bœuf tout entier, une queue d'une force à faire chavirer une barque ; les autres lui prêtaient même des ailes. — Jacques de Voragine, qui le dit : fils de Léviathan, égaré dans les eaux du Rhône, a certainement renchéri sur l'horrible laideur de cette bête, qui était sans doute, ainsi que l'indique cette origine mystique de la Bible : un Crocodile monstre, comme ceux qui figurent sur les médailles romaines de la Colonie Némausienne. Dans tous les cas, c'était un genre de Saurien gigantesque, se rapprochant, au dire de quelques savants, du *Belodon Kapffi*, procédant de l'*Archégosaure* prototype du lézard.

Tarascon, en délire, exclu du maléfice,
A cette *Provocante* [1], à sa libératrice
Qu'il choisit pour Patronne, éleva cet Autel [2],
Où la Sainte à genoux rend grâce à l'Eternel.

---

[1] Etymologie donnée du nom de « Marthe » par Raban Maur (786-856), savant bénédictin, qui fut l'élève d'Alcuin et évêque de Mayence. Il visita la Terre sainte et dirigea, à son retour, la célèbre école de Fulda, qui lui mérita le nom de *Præceptor Germaniæ*.

[2] L'église Sainte-Marthe élevée de 1187 à 1197 sur les ruines d'un temple romain, puis rebâtie de 1379 à 1449 (mon. hist.), tombeau de sainte Marthe.

V

Le Mistral

Le Vent, cet être errant, sème, sur son passage,
L'effroi de la Tarasque au long de mon rivage ;
Le terrible Mistral [1], en soulevant mes flots,
Vient crisper mon élan, émietter mes ilots.

Cet évadé du Nord, sur les champs de la plaine
De la vaste Bourgogne, éperdument, s'entraine.
— Quel chemin, peut conduire un exilé si fier,
Pour que, rapidement, il aborde la mer ?
— De chaines et de monts, flanqué, sur ses côtés,
C'est le val rhodanien, ses sinuosités,
Que cet Impétueux, pour voyager, préfère.
Dans sa fuite, emporté, loin de cet hémisphère,
Où le froid le glaçait, il s'enrage à courir,
Jour et nuit, sans arrêt, pour se perdre et mourir
Aux éternelles eaux.

---

[1] Vent terral en provençal vènt-terrau.

Bien plus d'une semaine
Ce vagabond, parfois, effrayant se déchaine,
Puis las, s'arrête et tombe.

On le croirait jaloux
De ce qu'il bouleverse en sens dessus dessous.
Engendré du Chaos, pour dompter la Nature,
A la vivifier, son souffle ardent l'épure,
Infatigable et prompt, pour prix de ses bienfaits.
Mais personne jamais, encor, n'a vu ses traits.

Bien avant Trinquetaille [1], au nord d'une prairie,
Je bifurque en deux bras pour calmer sa furie.

---

[1] Faubourg d'Arles sur la rive droite du Grand Rhône, relié à la ville par un pont dit de Trinquetaille.

Au pays d'Arles

et La Camargue

I

Le Petit-Rhône,

Les Saintes-Maries-de-la-Mer

~~~~~~~

Sur la droite, je cours, tout *Petit* [1], bien tenu,
Jusqu'aux Saintes-en-Mer [2], où je suis bienvenu.

N'est-ce pas dans mes bras, que vinrent, d'origine,
Echouer les Proscrits chassés de Palestine,
Tous ces Saintes ou Saints, qui brillent de l'éclat
Des premiers baptisés dans leur Apostolat?
Depuis Jaffa [3], livrés par la foule haineuse
Aux affres de la mer, la Phalange fameuse
Fut hospitalisée au milieu des Pêcheurs,
Dont la plage accueillit les croyants voyageurs [4].

---

[1] En amont d'Arles, le Rhône se sépare en deux branches, celle de droite appelée le « Petit Rhône » débouche près des Saintes-Maries au Grau d'Orgon.

[2] Les Saintes-Maries-de-la-Mer plus simplement dénommées Les Saintes-Maries et même les Saintes, canton de l'arrondissement d'Arles sur le golfe de Beauduc. Son église (mon. hist.) qui a l'aspect d'une forteresse date du xiie siècle, elle renferme les reliques des Saintes Maries qui sont l'objet d'un pèlerinage renommé qui a lieu les 24 et 25 mai.

[3] Port de la Syrie autrefois Joppé l'ancienne Jafo de Josué.

[4] En l'an 42, l'estuaire du Rhône portait alors le nom de « *Gradus Massilianorum* ».

Marthe [1], sa sœur Marie [2], illustre pénitente,
Et Lazare [3] leur frère, avec leur intendante,
Marcelle [4], —
      Parménas [5], Trophime [6] et Maximin [7],
Sarah [8] la bohémienne, Eutrope [9], Saturnin [10],
Et tous les Fugitifs [11] de cette Colonie
Chargés d'un sacerdoce, au nom de Béthanie,
Débarquaient en ce port, pressés de parcourir,
Pour gagner à leur foi, la Gaule à conquérir.

---

[1] Riche héritière de Béthanie (Al-Aïzirieh en arabe) était la tutrice des biens de son jeune frère Lazare et de sa sœur Marie-Madeleine, l'âme virile, intelligente, d'illustre origine, elle évangélisa la Provence de sa parole ardente.

[2] Marie ou Marie-Madeleine regardée comme l'un des chefs-d'œuvre du Créateur, se retira dans la solitude de la Sainte-Baume où ses restes sont encore vénérés.

[3] Lazare le ressuscité, frère de Marthe et Marie-Madeleine, fut le premier évêque de Marseille.

[4] Marcelle l'intendante suivit sa maitresse Marthe dans son apostolat.

[5] Parménas diacre faisait partie du groupe que Pierre avait réuni autour des sœurs de Lazare.

[6] Trophime, premier évêque d'Arles.

[7] Maximin, premier évêque d'Aix.

[8] Sarah, la servante noire, patronne des Bohémiens rôdeurs.

[9] Eutrope, premier évêque d'Orange.

[10] Saturnin, premier évêque de Toulouse.

[11] On cite, parmi les fugitifs embarqués sur le vaisseau désemparé: La sœur ainée de la Sainte Vierge, Marie-Jacobé l'épouse de Cléophas avec sa fille : Marie-Salomé, mère de Jean l'Evangéliste et de Jacques (le Majeur) et leur servante noire Sarah, toutes trois ensevelies dans l'église des Saintes-Maries. — Martial (l'enfant qui avait fourni au désert les pains et les poissons que Jésus multiplia), premier évêque de Limoges, qui évangélisa l'Aquitaine ; le disciple Cédoine, l'aveugle-né guéri par Jésus ; Joseph d'Arimathie, Epaphras, Cléon, Evodie, Synthex, et tant d'autres dont les noms sont restés inconnus.

II

Les Alpines ou Alpilles [1]

On m'appelle « *Grand Rhône* » [2], au Pays de Mireille [3],
Glissant de mas en mas, —
                    tout bruisse et s'éveille.
— Sur ma gauche :
                    Les Baux [4], la tour des Sarrasins,
L'antre du Val d'Enfer [5], ses sauvages ravins.
— Près de là : Montmajour [6] flanqué sur les Alpines,
Le chêne vert tordu, de ces chauves collines,

---

[1] On désigne ainsi la chaîne du prolongement des Alpes qui vient finir au nord sur les rives du Rhône et au sud, dans les plaines de la Crau, elle s'étend de la Durance au canal de Craponne.

[2] Partie la plus importante du Rhône, celle de gauche qui baigne Arles et va déboucher dans la Méditerranée près de Port-Saint-Louis, au Grau du Levant, aussi dénommé Grau de Pégoulier.

[3] Chanté par l'illustre poète provençal, Frédéric Mistral dans « Miréio ».

[4] C'est une des curiosités les plus étranges de France classée parmi les mon. hist. Cette cité fantôme, autrefois florissante, remonte à la fin du ve siècle. Elle était le siège d'une importante seigneurie.

[5] Défilé sinueux, indescriptiblement tourmenté, près de là, la Grotte de Fées (voir *Miréio* de Mistral, Chant VI). On dit que c'est en visitant les Baux et en s'inspirant du Val que le Dante écrivit son *Inferno (Enfer)*.

[6] L'abbaye de Montmajour, puissante et vénérable relique de l'époque de Charlemagne, qui au temps de sa splendeur passée joua un rôle des plus considérables en Provence.

Grimace, en soutenant les escarpements gris
De cette agreste masse, au bas de ses glacis ;
A l'abri des buissons, l'asphodèle et la menthe,
Le thym, le romarin en garnissent la pente.

III

Arles

~~~~~~

Enfin, Arles [1] se montre au fuyant d'un contour,
C'est l'heureuse Cité des Filles de l'Amour,
Qui sut les modeler, si fines et si belles,
Tout en les proclamant : Reines des Jouvencelles.

C'est le Pays choyé des Hommes et des Dieux,
Où respire et s'ébat, tout un Peuple joyeux ;
Des Alyscamps [2] sacrés, au Cirque des Arènes [3],
La Farandole [4], en train, s'avance en longues chaînes,

---

[1] « La petite Rome des Gaules « Arelas Romula Galliarum ». D'abord
cité gauloise, comptoir massaliote, reçut de Jules César (46 av. J.-C.)
une colonie romaine très prospère sous Constantin et ses successeurs.

[2] Alyscamps ou Aliscamps (Champs-Elysées d'Arles), célèbre nécro-
pole romaine consacrée aux sépultures chrétiennes par saint Trophime
(Le Dante en fait mention dans son *Enfer*). Cette poétique allée aux
peupliers séculaires se termine par les ruines de la chapelle historique
de Saint-Honorat.

[3] Les arènes (1er ou IIe siècle de notre ère) encore bien conservées forment une ellipse de 140 mètres au grand axe sur 103 mètres au petit
et pouvaient contenir 26.000 spectateurs ; près de là le Théâtre antique
dans lequel a été trouvé la Vénus d'Arles que possède Le Louvre.

[4] C'est la danse des Bosonides (peuple du royaume de Boson, duc
de Lombardie, qui se fit proclamer roi d'Arles et de Provence en 875).
Elle est restée la danse préférée de la vallée rhodanienne d'Arles à Condrieu où elle réjouit et clôture toutes les fêtes.

Serpentant chaque rue, au son des tambourins
Qu'accompagnent les chœurs de ces fiers Citadins.
Sous leurs pas cadencés, qui frappent la mesure,
Le sol vibre à l'écho de cette ardente allure ;
Plus d'un baiser s'échange, au remous d'un tournant,
Pour reprendre un essor, toujours, plus entraînant.
Et lorsqu'après ces Jeux, dans une alerte ivresse,
La Folie, à son tour, vient régner en maîtresse,
Le chaud soleil d'été, d'un teint d'ambre discret,
A bruni leur visage au ton de son reflet.

Je vois fuir au lointain, dans l'adieu d'un sourire,
Une dernière fois, la Cité que j'admire :
Ses rideaux de cyprès, ses vergers d'oliviers,
Ses platanes géants et les micocouliers.
C'est d'un profond regret que, d'un salut, je quitte
La Perle de Provence, et je me précipite
Vers le Golfe et la Mer. —
                              Entre mes deux chemins,
J'encadre mon Delta pour marquer ses confins.

IV

La Camargue

J'enlace la Camargue, et je la fertilise,
De mes alluvions, avant que j'agonise ;
Si le vent dort sans plainte, et rêve de chansons,
Il écoute attentif : Cigales et Grillons.

Sous les airs vaporeux, alanguis de mystère,
La Fièvre guette l'Homme en défendant la Terre.

Dans cette solitude où paissent des troupeaux,
Des pâtres vigoureux, à l'ombre des roseaux,
Et des bouviers, montés sur leurs blanches cavales,
Fredonnent des récits d'aubades pastorales.

Ces Steppes indécis, dans leur tranquillité,
Hébergent des Oiseaux épris de liberté :
Des files de flamants, des perdrix, des outardes,
Passent en rangs serrés en des hordes gaillardes,
Dans ce muet désert, un si timide écho,
De rauques cris joyeux, qu'enfle le Siroco [1],

---

[1] Vent brûlant qui souffle du Sud-Est.

Respecte le silence ; et les notes sifflantes,
Qu'ils échangent entre eux, ne sont pas plus perçantes.

Il faudra des Chasseurs aux recoins des Etangs,
A l'affût du gibier rabattu sur leurs flancs,
Pour qu'un crépitement, au départ des Macreuses,
Réponde en fusillade aux pauvres voyageuses.

Par le morne horizon, des minarets croulés
Surgissent de la plaine, en murs démantelés.
Ces restes d'anciens guets, d'avant les sémaphores,
Remontent, on le croit, à l'époque des Maures.

Saules et Tamaris, sur un long chapelet
Noué de salicorne [1], en place de forêt,
Forment barrage au vent, dans l'étroite lisière
D'un étrange fouillis, recouvert de poussière,
Que viennent endeuiller, buffles et taureaux noirs.

Quel pénible frisson j'éprouve tous les soirs,
Après le crépuscule, et que dans ma tristesse
Je perçois de la Mer la plainte vengeresse ! ! !

---

[1] Plante herbacée qui croît avec abondance sur les terrains salés voisins de la mer.

V

La Mer

Je connais mon destin après le Valcarès [1],
Qui ferme son circuit en pointe de Mornès.

Au Péage éternel, je dois verser ma dîme,
C'est généreux et fier, qu'au gouffre de l'abîme,
Dans cette Immensité qui veut me recueillir,
Sous un grand voile bleu, je vais m'ensevelir.

Dans ce tombeau, j'entends des voix et des murmures,
Bruit indéfinissable, imprégné de tortures,
Que nulle oreille humaine, en ces fonds ténébreux,
Ne put jamais ouïr. —
                    Les Eléments nombreux,

[1] Valcarès ou Vaccarès, vaste étang de 6.000 hectares, ancienne baie de la Méditerranée, dont il est séparé aujourd'hui par des dunes hautes d'un mètre, coupées de petits chenaux appelés asours.

De ce Cercle sans fin, qui mugissent dans l'Ombre,
Se choquent brusquement dans un concert plus sombre !
— Pour renaître plus vite en un suprême effort
Ils s'étreignent ensemble en courant à la Mort.

— D'errants subtils flocons s'élèvent en nuages,
Je reverrai ma Source au hasard des Orages ! ! !

VI

Réminiscence

Je suis Fils de la Terre, envoyé par les Cieux,
Procréé par les Monts, aux Pics majestueux,
Dans un Berceau glacé, que l'Astre qui féconde
Réchauffe à ses rayons, pour les résoudre en Onde.

Table

~~~~~~

D'AVIGNON A LA BIFURCATION DU RHONE

AU PAYS D'ARLES ET LA CAMARGUE

IMPRIMERIE EMMANUEL VITTE, 18, RUE DE LA QUARANTAINE, LYON